雜念

雲淡風輕——著

一篇雜序

　　從事文字工作的人，老實說，心中總是多雜念。

　　見一花如見一世界，心中有所感悟，雜念，就不得不寫下來，否則心癢難耐。

　　而說到感悟，就不得不說到心靈，說到心靈，就不得不正襟危坐似的。不過，我喜歡借用大自然的風、花、雪、月等等，來訴說、反照一種寓言，或心緒，或思維，或想念，或愛，或人生生活，或四季歲時的心靈感悟，形成一則則簡短有意思的雜念。

　　雜念，這本小書也是這樣完成的：

　　我用各種文字的寫作方式，來傳達我的意思。

寫的時候並未按照一定，或固定模式，我隨意為之。

文字盡量簡短，如此輕便閱讀，有些或許像詩，但我讓它盡量有點意思。

只要是有點意思的就寫，不限主題等等。

絕多數是先以手寫草稿的方式，寫在撕下的日曆反面空白處，或郵局的掛號簽收清單所有空白處，這些都是我由工作的空隙間完成的。再說工作時手邊沒電腦，這也是文字不得不走向簡短的原因，同時都是手寫草稿，回家後再邊打字邊做必要修飾而已。

有時一日能有若干則得手，有時一周七日裡腦袋完全空空如也。

開始寫的時間是在四、五年前，目的是想給自己的文字寫作方式，來個自我翻新的意圖罷了。

收錄這一本裡的約有一百多則，是當初從

已寫完的前十分之一處約二萬字中挑選的，若有主題，那應該是：觸動。

要說明的是，書中的插畫攝影作品均來自國外一個個人與商業免費使用的免版稅圖庫piqsels網站。

雜念仍在繼續。

最後，這本小書，期望成為一本讀者您心愛的、有意思的床頭書，從書中哪一頁讀起都無所謂，可以隨意向前翻讀，也可以隨時往後翻讀，皆可。

每夜上床就寢前別多讀，僅讀一則，或數則即可。請每讀過一則，不妨自我意會，玩味一下，或能觸動內心某一根弦。

更期望這小書中的每一則，皆能有正面能量陪伴讀者您入睡，入夢。

目錄

雑
念

世界一樣不太平靜，

因為總有花開的聲音，

總有風在行腳，

總有梵唱的傳說，

以及試圖空性的念力在耳際迴盪，

所以我們的心也不歇地跳動。

雜
念

時間，是一個手法精明高超的小偷，
它會在不知不覺中偷走你的黑髮，
偷走你的玩具和糖罐，
偷走你的睡眠，
甚至偷走你僅存的記憶和照片，
更不惜偷走你最心愛的情人，
最後讓你一無所有，
但我至死不渝的保護我唯有的淚水，
不被偷偷竊走。

雜
念

遊子的眼

柿子凍紅了，

燈籠掛紅了，

春聯貼紅了，

鞭炮爆紅了，

衣鞋穿紅了，

嘴唇塗紅了，

心頭熱紅了，

這一天，

唯獨路上的遊子的眼，

眨了又眨，

望了又望，

擦了又擦，

也擦紅了。

雑念

在一杯月亮奶昔上，

撒點星星巧克力碎粒，

再放入若干夜霧結凍冰塊，

最後，

用銀白路燈小匙輕輕攪動一下，

讓它發出清脆碰撞輕響，

這，

應該是夏夜的最佳冷飲了吧。

雜
念

就只是想放下輕狂而已，

就變老了？

就只是想省點錢自己帶飯而已，

就變老了？

就只是不想一個人走路而已，

就變老了？

就只是不喜歡錯過家裡的晚餐而已，

就變老了？

就只是半夜醒來想幫身邊的人

蓋被子而已，

就變老了？

就只是想牽手一起回老家

看雪看星空而已，

就變老了？

雜
念

有一種鐵軌，

不是用來跑火車的，

而是用來

坐看千山萬水飛逝而過風景的，

是用來

載走雲裡霧中不忍看見背影的，

是用來

搭乘少小離家千里歲月容顏的，

是用來

揮別送君終須千斤重珠淚的，

因為鐵軌的一端是天涯，

另一端是海角。

雑
念

更燦爛的曙光

很黑的夜，

不敢造次的只能包圍在一盞燈四周之外，

燈下，

我伏案奮筆給黎明疾書，

繼續醒著，

一抬眼才能迎接第一道越過山，

跨過海，

直奔而來的第一道更燦爛的曙光。

雑
念

何嘗不是離的愁

離，是苦，

但聚又何嘗不是離的愁？

雑
念

漂泊一生

流水和土地，

都是留不住浮萍的，

因為浮萍有根卻難以安居落戶，

只能漂泊一生，

靠岸，

而不上岸。

雑念

我們窮極一生都在追尋香格里拉，

卻不想轉世為

無際草原上幸福高貴的氂牛，

也不欲投胎為

神山天際的自由孤絕的雄鷹，

所以只能輪迴為凡人，

張臂為風，以為吹過草間，

掠過羽翼，終抵淨土。

雜
念

不喜歡搬家的理由，

往往會有搬不走的一些什麼，

也有搬不去新家的什麼，

比如大片鳥鳴，

和日光，

還有一些寫詩的味道，

與呼吸。

雑
念

每日醒來，

都希望是晴天來敲窗的燦爛，

因此前一晚，

再晚都得想好，

醒來時如何把賴床的夢，

踢下床。

雑
念

月台是一短篇小說，

在聚散離合的情節中，

我獨愛這一段，

願伊在分手前，

再一次靠在我肩上，

如一個停頓的分號，

在汽笛聲後，

留下未完的待續。

雑
念

月光似雪

月光似雪，
薄薄一層，
只能輕輕走過，
生怕踩出水聲。

雜念

有時旅行

有時旅行，

似在寫一本詩集，

但往往無法如願完成，

不是欠缺一點點

菩提本無樹的尋幽意外轉折，

就是失去具體而微莊周夢蝶的美感，

或少一個不見林的象徵，

或漏一個子非魚的意象，

老天，

旅行總是從一個塵世

再到另一個塵世的缺憾。

雜
念

有些傷痕，

用時光手術也撫平消除不了，

因為它已傷筋挫骨，

足以立起歷史紀念碑。

雑
念

風中的種子不死

風中的種子不死，

只是在流浪。

雜
念

臉
上
夏
荷

薰風藏在摺扇中，

來回一搧，

臉上夏荷就笑開了。

雑
念

騙伊一起賞月

多少年以來，

才打造一個大大的銀月，

騙過了天上的嫦娥，

也騙過水上的李白，

如今還能增添什麼故事，

才能騙伊一起賞月？

雜
念

獨對人生

酒，
不宜獨酌，
茶，
卻可獨對人生，
在來去的杯水茶湯中，
淡淡看盡世間暖，
濃濃回味世事得失，
然後一飲而盡，
快哉。

雑
念

偈語已遠

屋外紛紛擾擾，

我披衣而起，

快步下樓，

推門探尋，

僅見三兩麻雀立於門階上，

塵囂中，

偈語已遠。

雑
念

有些春天，

被永遠收藏在記憶盒子裡，

但開鎖的鑰匙已失落。

雑
念

歲月號的海盜船

那叫歲月號的海盜船，

總在眼前神出鬼沒，

它盜走了全部的青春金幣，

純粹銀錠，

溫潤珍珠，

堅毅寶石，

只留下乾枯的白髮，

和乾涸的皺紋，

叫我們老了都束手無策。

雑
念

古早醃道地酸菜的方法，

一要山東大白菜，

二要用大石頭壓著山東大白菜，

這樣的壓力才能一壓壓出

真正味道的酸菜，

不壓，不行。

雜
念

一株九重葛翻牆而出，

一隻蛺蝶翻牆而入，

我，野貓，和風都望著它們，

直到蛺蝶翻牆而去，

我轉身伏案寫字，

野貓轉身遁入花園，

只有風依然徘徊，

不知心裡還留的是蛺蝶，

或九重葛。

雑
念

如果是月亮掉入湖裡，

就碎成若干瓷片，

如明永樂的甜白，

白如凝脂，素若積雪，

雖破殘而珍稀，

依舊溫潤光輝，

似雪無瑕，

但這千百年來競相的追捧，

也在夜色中迷離。

雑
念

擦不去的雲

下課了，

黑板上擦不去的雲，

還在發呆。

雜
念

哪裡是天涯，

哪邊是海角，

那是一念之間的距離，

或是推開門，

走出去的一個跨度罷了。

雜
念

深一點的夜

深一點的夜，

溶入咖啡裡，

會釋放更香濃的味道嗎？

宵夕漫漫，

貓穿幽靜，

孤寂在側，

有雨無聲繫衣襟，

人未眠，

再燒一壺水，

溫熱長夜。

雜
念

想哭的淚水是一樣的，

奪眶而出，

但動機不同，

埋在心底，

作痛。

雜
念

半日桐花雨

半日桐花雨，

葉顫，

花殘，

路人稀，

英落急，

迷了山徑，

堆上心頭。

雜
念

慢
慢
慢
慢
下
來

慢慢讀一本自己喜愛的書，

雨聲風聲也會

慢慢慢慢慢下來。

雑
念

一起披荊斬棘，
一起讀星看月，
又一起呼燈小酌，
再一起酸甜苦辣，
這樣的過活
才叫凡塵人間。

雑
念

只屬於春天

有些風，

不屬於天涯，

只屬於幽谷，

有些雲，

不屬於天空，

只屬於山巔，

而伊，

不屬於我，

只屬於春天。

雑念

所謂近鄉情怯

所謂近鄉情怯，

即是少小離家老大回的一種歉意，

一種與時光殘酷的贖罪，

不太黏，

又有點黏，

如入口的純粹麥芽糖。

雜
念

既然不願辜負夕陽無限好，

又何必在意心裡飄滿黃金落葉，

而感嘆近黃昏的暮色時日，

就如同一齣戲，

總是直到最後結局，

才是最精采的。

雜念

每隻螢火蟲，

都提著燈籠，

在尋找自己的伴侶，

愛，

只能在浪漫的黑暗中摸索，

尋尋覓覓。

雑
念

思念，

像不眠一樣漫長，

長到可以織一條長長圍巾，

沒我，

夜裡，

伊也很溫暖。

雑
念

若干冬雪春暖花開，

一壺粗茶淡飯可待，

有人來了，

有人走了，

有人再見，

有人不見，

人間四季終究花開終究可待，

不然奈何。

試著努力圓滿

我們身上都藏著魔鬼，

有時偷偷咬美夢一口，

有時悄悄啃歡愉一口，

或擁抱自己的歹念，

口業，

甚至殘忍，

我們像日常的月亮，

殘缺了，

還試著努力圓滿。

雜
念

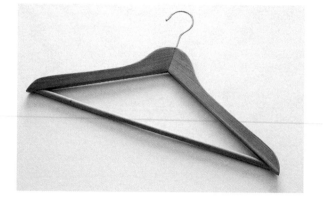

過最簡單的生活

過最簡單的生活很不容易，

很不容易在於開始，

所以我從丟棄

所有最心愛的衣服開始，

讓身體先捨棄可能的一切負擔，

讓心靈空間少一點累積。

雜
念

foretells his approaching departure
were many people in the crowds, however, who believed
ing. "When the Christ comes, will he give more signs than this
that rumours like this about him were spreading among
sees" sent the Temple police to arrest him.
Jesus said:

'I shall remain with you for only a short time now;
then I shall go back to the one who sent me.
You will look for me and will not find me;
where I am
you cannot come.'

Jews then said to one another, 'Where is he going
find him? Is he going abroad to the people who a
sks and will he teach the Greeks? What does he mean when he says:

"You will look for me
where I am,
you cannot come."

promise of living water
he last day and

集結為一片荊棘

良善的花朵，

並非人皆有之，

但邪惡的種子

卻始終藏在人人暗微之處，

一埋下，

就發芽，

開枝散葉，

等待集結為一片荊棘。

雑
念

既使站在巨人的肩膀上，

也無法證明自己是巨人，

站在花朵頭上的小瓢蟲，

也只是欲展翅高飛而已。

雑
念

魔鬼會改過，

天使會墮落，

我們用眼睛努力搜尋黑暗中的亮光，

也在白晝強光中也能瞇著眼看錯。

雑
念

一面鏡子

一面鏡子，

是一面不生不滅，

不垢不淨，

不增不減的空相，

不論是否願意面對，

它都在那裡，

在水上，

在天上，

在心上，

一支撢子也難以拂撤。

雑
念

喧囂，

有如寂靜，

就眼看，

或心讀，

否則一片落葉也會糾纏。

雜
念

在深邃眼中的湖裡，

只希望被伊包圍，

如魚，

那般優游自在。

雑
念

鞦韆上的陽光輕輕笑，

走下來後，

被一個男孩的童年，

就這樣輕輕一個轉身帶走帶遠了。

雜
念

漂浪的靈魂

當異地他鄉
再也無法安置漂浪的靈魂時，
候鳥回返歸途的呼喚
就急不可耐了。

雜
念

萬古的星空

從未由浪漫中消失，

只是太寵愛燈火了。

雜
念

人生是一齣戲，

那就真情地演下去，

掌聲也好，

倒彩也罷，

哭幾許，

笑幾許，

大海有潮汐，

四季會繼續，

任由罵怒笑嘻，

總是皆大歡喜。

雑
念

溫柔往往如天邊一朵雲，

很快變薄，

或變濃，

山水卻等得很辛苦。

雜
念

相逢不荒

聽過一席話後，

各自啟程，

吃過一頓飯後，

分別告辭，

山路會轉，

海道寬廣，

日子不還，

相逢不荒。

雜
念

小時候，

追逐一田螢光，

長大後，

追求一城燈光，

老了，

追憶一夜星光。

雑
念

花不為蜂蝶與賞花者而開，
也不為花瓶和花園而開，
只因某一回意外因緣，
世間走一遭而已。

雜
念

掃了落葉，

落葉又落，

為何要掃落葉，

這天地從未嫌棄過落葉，

落葉也該在那裡，

自在來去。

雑
念

超薄的柴魚片

期望人人都能在備受煎熬時，

還能自嘲地跳舞，

如一片鍋上超薄的柴魚片。

雜
念

有人不愛蔥，

有人不愛薑，

有人不愛蒜，

有人不愛愛情麻辣串。

雑
念

昨日是一朵黃花，

可以想家，

可以泡茶，

可以插籬笆。

雑
念

春天來了，

雲應該是薄薄的，

風應該是薄薄的，

陽光應該是薄薄的，

霧應該是薄薄的，

河水應該是薄薄的，

鳥鳴應該是薄薄的，

心事應該是薄薄的，

因此，

春天就應該是薄薄的，

薄薄的吹彈可破。

雑
念

一縷炊煙

雲的艦隊，

開始在天邊集合，

雷的戰鼓，

開始擊打，

一場暴雨的炸彈，

將開始轟炸整個地面，

但未見有一縷炊煙舉手投降。

雜
念

迷了歸人與心魂

凌晨臉上
撲著粉粉酡紅的撲粉走來，
迷了雲，
迷了歸人與心魂。

雜
念

吃飯七分飽，

慾望七分滿，

秋樹七分殘，

甚好。

雑
念

如神偷一樣，

我檢視每一熟睡的門窗，

留意每一呼嚕的樓道，

搜索每一動靜的聲響，

在每個洩漏的夢境上簽名作記，

以示我曾子夜大膽悄然光臨，

盜走一些未被察覺的時光。

雜
念

多少真誠的話

我們大概都永遠不知道，

一生中說過多少真誠的話，

如潔白寂寥的星子，

在銀河寂涼地中閃爍。

雜
念

大海都是挑戰

大海不知道船會去哪裡，

但船會知道不論去哪裡，

大海都是挑戰。

雑
念

每隻貓都獨來獨往，
像月亮，
有時藏在雲端裡，
有時蹲在牆頭屋頂，
既使撒了一地月光，
也孤高清冷。

雜
念

只想對坐下來

不想說的，
都欲言又止，
想說的，
都言外之意，
而我只想對坐下來，
與閒雲來一壺茶飲。

雑
念

許多心事濕了，

皺了，

就找個陽台一件件吊掛起來，

讓時間慢慢晾曬，

風乾，

撫平，

就沒事了。

雑念

金黃色下弦月，

細細，

彎彎，

薄薄，

金片打造，

被雲擦拭得發亮，

懸掛夜幕中，

就這樣，

勾起心，

勾起情，

勾起心情。

總是錯身而過的

凡是不期而遇的，
都有花開的美意，
而總是錯身而過的，
也有葉落的瀟灑。

雑
念

風華是一支鮮花，

才華是一襲暗香。

雑
念

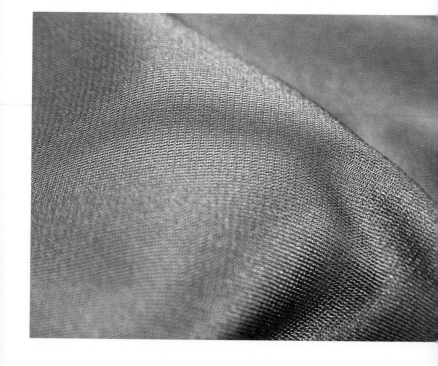

不同的褶皺之處

每件衣物上不同的褶皺之處，

都曾有年華，

與汗水流瀉過，

彎繞過，

深深切入肌理。

雑
念

何來枕月山中癲

走出大山是一種選擇，
走入大山更是一種追索，
人間世事若無煙，
何來枕月山中癲。

雑
念

只留下晚風

總會念起一些後悔的事，

心裡苦苦的，

酸酸的，

澀澀的，

在小舟滑出水涯，

遠遠的，

悄悄的，

輕輕的，

始發現空蕩蕩的岸，

只留下晚風。

雜
念

凡事不必成功，

只需一點點成就就行，

如風行無須大，

微風即可人。

雜
念

只有一個回家的地方

我們住過一個地方又一個地方，
流浪過一個地方又一個地方，
但只有一個回家的地方。

雑
念

不想變成一縷風，

就怕與伊擦身而過。

雜
念

前方波瀾壯闊，

或風平浪靜，

我都在路上了，

揮汗搖槳前行。

雜
念

人越老，

心越軟，

動不動就如蒲公英，

風輕輕一吹，

滿天飛。

雑
念

留下了一襲春風

有人隨著花開來了，
最後什麼花香也沒留下，
有人在花謝後走了，
卻留下了一襲春風。

雜
念

若二三白髮是歲月故事,
那滿頭華髮即是生命風景了。

一個家的概念，

是有屋頂可遮風躲雨的房子，

但不見得永遠，

有時家已不在了，

但還是可以裝在心裡，

行囊裡，

帶著四處浪跡，

覺得家還在老地方。

一個家的概念

雜念

芸芸眾生中，

我們皆凡人，

爭的是一餐一飯，

爭的是雲破天開，

爭的是笑看江湖，

如此而已。

人不快樂

人不快樂，
往往是衣櫥中，
那發潮的頂級皮衣，
偶爾才穿出去曬太陽，
少穿就發霉。

雑
念

我的咖啡微酸，

所以適合在獨醒的時候獨享，

然不宜續杯。

雜
念

有時，

我們總覺得不夠勇敢，

不敢一個人遠行，

不敢一個人活著，

不敢一個人走夜路，

不敢去愛一個人，

而錯過一生的夢想選擇。

8
5

雜
念

魔豆也一樣

所有攀爬植物，

必須有支撐物，

才能協助使出攀爬的能力，

向上攀爬，

魔豆也一樣，

所以童話永遠只是童話。

雑
念

人生的流水席，

有鮑魚大肉，

有清蒸紅燒，

有青菜豆腐，

有煎煮炒炸，

有高談闊論，

有沉默不語，

有款款入座，

有無聲離席，

座位空了又滿了，

晝夜亮了又暗了。

雑
念

有能力插上翅膀的

有能力插上翅膀的，

不是天使，

就是魔鬼。

雜
念

人世多艱辛，

試問多少得意事能付笑談中，

今夜半猶醒，

眼茫然，

只待天明，

策馬依舊。

策馬依舊

雜
念

亮晶晶的幸福

做一顆小星星也不錯，
站在冷寂的宇宙中，
反射別人的光，
給人亮晶晶的幸福。

値得抬頭仰望的

值得抬頭仰望的，

不僅僅是天上滿天星月，

還有地上那高高在上的小小路燈。

雜
念

陽光會有點微甜

有時，

陽光會有點微甜，

不是我偷喝了甜酒，

而是陽光不小心打翻了春釀的糖蜜。

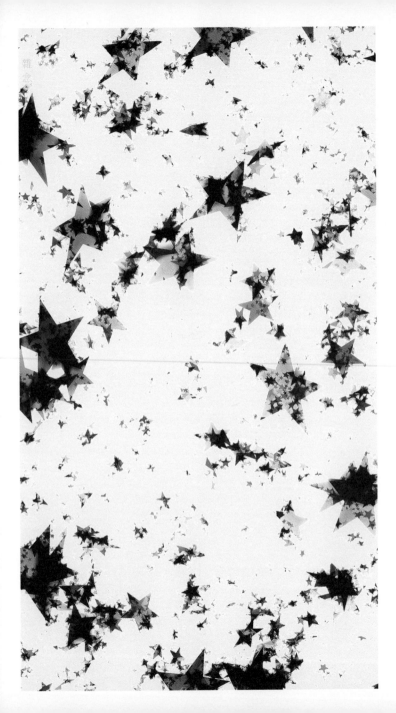
雜念

異鄉多情應笑我

開窗，

見不到那條卒子渡過的河，

銀河更閃爍著爛漫無辜的星光，

人間自有傷心處，

異鄉多情應笑我。

雜
念

被歲月釀起來的酒

有些念想，

是被歲月細心收藏，

釀起來的酒，

越陳越香，

一抿即醉，

不知天明。

雜
念

童年時，

躺在甘蔗田裡看天空，

天空是甜的，

風是甜的，

麻雀也是甜的，

還有餘暉也是甜的，

彷若時光也是甜的。

楊柳斜斜風撥簾，

雨絲細弦訴從前，

誰應，

誰合，

推窗一片夜未眠。

雑念

窗子是用來放飛的，
陽光是用來爬牆的，
風雨是用來陪跑的，
星月是用來開道的，
生活是用來既哭且笑的。

雑
念

開始飼養寂寞

一個人自己看星星，
一個人自己守著電視遙控器，
一個人自己買菜做飯，
如果一個人自己再厭倦生活，
就已經開始飼養寂寞了。

雑念

很長很長的路

夜歸，

是一條很長很長的路，

拍去肩上星月後，

回到家永遠覺得太晚。

雑念

或許會有顆種子，
掉入我們心裡，
從此在胸襟中成長為
一株蓊蓊參天大樹，
花開鳥鳴，
天使也羨慕。

雜
念

所有的光

所有的光，

都藏在暗中，

所有的暗，

也躲在光後。

雑
念

值得期待

我知道，

融化的雪泥一點也不美麗，

但接著就是美麗的春暖花開，

春水蕩漾，

值得期待。

雜
念

心情總是一片雲，

在這裡吸滿陰霾的水氣，

走到那裡吐一肚子積鬱的雨，

接著在山勢一旁小歇息一下，

過了山頭，

就又雲淡風輕，

可輕裝上陣了。

雜
念

歲月雕刻師

歲月雕刻師，

喜歡在臉上東雕雕，

西刻刻，

就雕刻出我最不服老的一張老臉。

雜
念

因為，

不知明日是晴或陰，

所以，

今日用來懷念昨日的風風雨雨。

雑
念

我
如
是
風

我如是風，
穿過落地窗，
穿過一處白樺林，
再穿過稍遠一些的鐵道，
秋天就冷冷地坐在那裡，
等著列車捲起浮動的沙塵，
等我並肩而坐。

雜
念

鄉音難改，

兩鬢飛白，

月明在，

風滿懷。

雑
念

沒什麼是完整無缺的

陽光，

由樹隙間摔落在地，

碎碎的，

鳥聲也是，

風聲也是，

雲朵也是，

記憶也是，

時光也是，

這世界似乎

也沒什麼是構得上完整無缺的。

雑
念

那個黑夜

時間到時，

人人心中潛藏的那個黑夜，

就會被放出來，

試圖過著隨心所欲的生活。

為自己人生寫一首絕句

將歲月的稿紙打開，

攤平，

好好為自己人生寫一首絕句，

或平，

或仄，

都行。

雜
念

冬天盛一碗雪煮詩，

秋天裝一壺風泡茶，

夏天塞一袋蟬聲補窗，

春天養一缸陽光澆花，

灑脫生活應如是。

雑
念

熄燈了，

有時不是為了歇息，

而是因為思索。

雑念

森林裡不是只有樹

森林裡不是只有樹，

地上也不是只有一片綠。

雑念

若春風不醉，

又拿什麼乾杯？

雑
念

飛過的範圍

上下班騎著單車，
外套下擺飄盪起來，
飛過的範圍，
就是我自己的日夜，
世界，
和所有。

雑
念

因為魚尾紋在擺盪，

所以眼睛也看起來笑盈盈，

洋溢著水光。

雑
念

盼星不歸失了魂

夜藏一盞燈，

還等月敲門，

窗守一個人，

盼星不歸失了魂。

雜
念

有些酒不用喝，
也知道那是苦辣的，
有些人無須酒，
也知道那會醉人的。

雑
念

見不到第一道溫柔曙光

藉口天太冷，

還沒洗臉，

或不必早起上班，

或乾脆躲在棉被裡的人，

是見不到第一道溫柔曙光好天氣的。

雑
念

沉浮在生活的長流中

我們都沉浮在生活的長流中，

如果聽一回風聲，

看一次餘暉都奢侈，

那必然也會錯過長流中的天光月影。

雜念：與凡間觸動共舞的小碎步 / 雲淡風輕作 . -- 一版 . -- 臺北市：時報文化出版企業股份有限公司，2022.08

面；　公分 . -- (新人間；366)

ISBN 978-626-335-791-4 (平裝)

863.51　　　　　　　　　　　　　　　　　　　　　　　　　　　111012492

ISBN 978-626-335-791-4

Printed in Taiwan

新人間 366

雜念：與凡間觸動共舞的小碎步

作者　雲淡風輕 ｜ 主編　謝翠鈺 ｜ 編輯協力　黃信琦 ｜ 企劃　鄭家謙 ｜ 封面設計　朱疋 ｜ 美術編輯　SHRTING WU ｜ 董事長　趙政岷 ｜ 出版者　時報文化出版企業股份有限公司　108019 台北市和平西路三段 240 號七樓　發行專線—(02)2306-6842　讀者服務專線—0800-231-705．(02)2304-7103　讀者服務傳真—(02)2304-6858　郵撥—19344724 時報文化出版公司　信箱—10899 臺北華江橋郵局第九九信箱　時報悅讀網—http://www.readingtimes.com.tw ｜ 法律顧問　理律法律事務所　陳長文律師、李念祖律師 ｜ 印刷　勁達印刷有限公司 ｜ 初版一刷　2022 年 8 月 26 日 ｜ 定價　新台幣 380 元 ｜ 缺頁或破損的書，請寄回更換

時報文化出版公司成立於 1975 年，並於 1999 年股票上櫃公開發行，
於 2008 年脫離中時集團非屬旺中，以「尊重智慧與創意的文化事業」為信念。